Quelle famille !

Jean Roba est né en 1930 à Bruxelles, une ville où il a toujours vécu. Il travaille d'abord dans la « réclame » puis, à la fin des années 50, mordu par le virus, il publie sa première bande dessinée dans le journal de Spirou : Tiou le Petit Sioux.
Boule et Bill naissent dans ce même journal, le 12 décembre 1959, sous forme d'un minirécit, *Boule contre les minirequins*. Un an après, devant le succès de ses petits personnages, Roba se lance dans l'incroyable défi du gag hebdomadaire et il n'arrêtera plus.
Plus de quarante ans ont passé, mais Boule et Bill n'ont pas pris une ride !

En 1986, **Fanny Joly** publie son premier livre de jeunesse. 150 titres suivront, pour les petits comme pour les plus grands, publiés dans les meilleures collections. Ses livres se sont vendus à plus d'1 500 000 exemplaires en France et sont traduits en 20 langues. Elle a remporté 25 prix littéraires. Elle est également scénariste et dialoguiste ; deux de ses séries ont été adaptées en dessin animé.
Son humour et sa verve font un excellent ménage avec l'univers de Boule et Bill.
Fanny Joly vit à Paris avec son mari et ses trois enfants.

Collection dirigée par Laurence Kiefé

Conception graphique : studio Mango

Loi n° 49.956 du 16 juillet 1949 sur les publications destinées à la jeunesse
Dépôt légal : mai 2004
ISBN : 2-7404-1789 6
Imprimé en France par PPO Graphic, 93500 Pantin

Boule & Bill

Fanny Joly

Quelle famille !

d'après

Les aventures de Boule et Bill

de Jean Roba

BiBLiO MANGO

C'est Bi-Bill !

Grrr, cette famille ! Je me demande ce qu'ils deviendraient sans moi. C'est bien simple, je suis leur chien à tout faire, mieux, leur chien pro-vi-den-tiel !

Qui les défend contre la voisine, son chat, l'inspecteur des impôts et parfois même... contre les voleurs ? C'est Bi-Bill ! (Et pourtant, j'en ai une sacrée horreur, des voleurs !)

Qui va chercher le journal, malgré les ricanements de tous les copains-chiens du quartier ? Bi-Bill !

Qui ramasse les feuilles mortes du jardin en trois coups de « vibroreilles » (technique mise au point par moi-même en exclusivité mondiale) ? Bi-Bill !

Qui distrait la maisonnée en faisant le cocker-clown quand il n'y a rien de bien à la télé ? Encore Bi-Bill ! J'en passe et des meilleures...

Et en remerciements de tout ça, j'ai quoi ? Une tonne d'os à croquer, une couronne de lauriers, une statue à ma gloire ? Pensez-vous ! Mes exploits, on n'en parle pas. C'est considéré comme normal. En revanche, dès que je fais la moindre micro-bêtise, qu'est-ce que je prends ! L'autre jour, ça a été ma fête : toute la famille s'y est mise !

Ça a commencé avec Maman. Elle m'a cueilli dès le matin à la porte de la cuisine en me traitant de quoi ? De cochon ! Rien que ça ! Et pourquoi ? Je vous le donne en mille... Parce qu'en prenant mon petit déjeuner, j'avais eu le malheur de renverser trois

miettes en dehors de ma gamelle... (Bon, peut-être un peu plus que trois miettes, mais les éponges, il faut bien que ça serve, non ?)

Deux minutes plus tard, Papa m'appelle dans le salon. J'accours, joyeux et serviable comme d'habitude, et là, qu'est-ce qui m'attend ? Les gros yeux et la grosse voix :

— Bill ! Combien de fois t'ai-je dit de ne pas te vautrer dans mon journal ! Tu sais ce que tu es ? Un vandale !

Mon Dieu ! Un faux pli dans le journal de Monsieur ! Quel immense énorme impardonnable crime j'avais commis là ! (Bon, il y avait peut-être un peu plus qu'un faux pli, mais on pouvait encore déchiffrer certaines lignes de texte…

Pour ce que les nouvelles sont bonnes, ça suffit bien !)

Ecœuré, je suis sorti respirer l'air frais dans le jardin. Là, c'est Boule qui s'est jeté sur moi :

— Bill ! Vampire ! T'as mordu mon ballon de foot !

Pffff ! Je voulais juste vérifier qu'il était vraiment bien gonflé...

(Bon, maintenant il est vraiment bien dégonflé, mais des ballons de foot, il y en a plein les magasins, ça n'a rien d'irremplaçable, franchement...)

Je n'ai pas essayé de me justifier. J'ai décidé d'aller me réfugier dans ma niche. Mais même là, c'est Caroline la tortue de mon cœur qui m'attendait au coin de la haie, verte de rage.

— Bill ! Espèce de hooligan !

Caroline ! Ma chérie ! Qui me traite comme un vulgaire voyou sous prétexte que j'ai vaguement chiffonné une de ses précieuses laitues ! Ça a été la goutte d'eau, le mot de trop.

— Ben... Bi-Bill... Où tu vas ? m'a demandé Caroline en me voyant fourrer trois os dans un balluchon.

— Si on te le demande, tu diras que tu ne sais pas ! Ciao !

Et hop ! J'ai filé. Et hop ! A moi la liberté !

Quelle bonne idée j'ai eue là ! Vous les auriez vus ! Avant même que j'arrive au coin de la rue, ils étaient tous les quatre accrochés à la barrière en train de gémir et de supplier :

— BIIIILL ! On t'aime, on t'adooooore, reeeeeeste !

Vous savez quoi ? Je sens que je vais partir beaucoup plus souvent, moi !

Boule, maître en boulettes

On m'accuse, moi Bill, de faire des bêtises, mais franchement, je ne suis pas le seul dans cette famille ! J'ai des maîtres ! Et en tête : Maître Boule. C'est bien rare que mon garçon passe une journée sans en commettre quelques-unes ... (Il m'appelle « son » chien, je peux bien l'appeler « mon » garçon, non ?) Et lorsque son copain Pouf s'en mêle, les boulettes de Boule sont généralement pimentées à souhait...

Pas plus tard qu'hier, j'en ai eu encore un bel échantillon. Pouf est venu jouer à la maison, comme souvent le mercredi... Je les ai entendus comploter pendant un bon moment dans la chambre de Boule. J'avais beau tendre les oreilles, je n'arrivais pas à comprendre ce qu'ils mijotaient (et pourtant elles sont longues, mes oreilles !). Une chose était claire en tout cas : ça sentait la boulette à plein museau...

Vers quatre heures, ils sont sortis dans la rue. Boule avait à la main le vieux portefeuille de Papa et une bobine de fil de nylon. « Ils ne vont quand même pas faire le coup du portefeuille ! » me suis-je dit en leur emboîtant le pas... (Vous savez, on laisse traîner exprès un portefeuille au milieu du trottoir et dès qu'un passant se penche pour le ramasser, on tire sur le fil invisible...)

Eh bien si ! C'est exactement ce qu'ils avaient l'intention de faire. Du moins, Boule. Pouf, lui, n'y croyait pas trop :

— Tout le monde connaît le truc, ça ne marchera jamais, ton vieux plan ! il répétait.

— T'arrêtes de me seriner ! a fini par s'énerver Boule. Je te dis que ça va marcher ! Tu paries combien ?

Ils ont parié dix euros. Je me suis scotché derrière la haie. Ce sont parfois les vieux gags qui font le plus rigoler. Je me demandais combien j'aurais parié sur une telle affaire, moi... De toute façon, la question ne se posait pas : je n'ai pas d'argent et quand je vois dans quel état l'argent met les humains, je suis bien content de ne pas en avoir.

Le temps que je me fasse ces réflexions, un papy à chapeau et moustache s'est pointé en sifflotant. Il a tout de suite repéré le portefeuille. Il a tourné autour, il l'a flairé. Puis, au lieu de le ramasser comme tout le monde, le type a voulu faire le gros boss :

— Ha ha ha, les p'tits malins ! J'ai joué à ça bien avant vous ! il a lancé à la cantonade en continuant d'avancer et en regardant derrière lui pour voir où se cachaient les « p'tits malins » en question...

Vous parlez d'un gros malin ! C'est lui qui s'est pris le poteau de sens interdit pleine face, oui ! Ding dong patatras, il est tombé raide sonné sur le bitume ! Waouhhhh ! La panique ! D'un coup, mes deux apprentis farceurs n'avaient plus envie de blaguer, mais alors plus du tout !

— Biiiiill ! Biiiiill ! ils ont hurlé.

Un vrai appel au secouuuuuuurs...

Ai-je précisé qu'en plus de mes

multiples talents, je suis également cocker-expert en secourisme, réanimation et multi-assistance à personne en danger ?

Bref, qui a ranimé le papy dare-dare à grands coups de langue râpeuse, de mordillements énergétiques, de gratte-pa-pattes tonifiants ? Bi-Bill, évidemment !

Et « mes » garçons, pendant ce temps-là, vous savez ce qu'ils ont fait ? Dès qu'ils ont vu que je prenais les choses en main (ou plutôt en papatte), ils se sont mis à se chipoter pour savoir lequel des deux avait gagné les dix euros. Sans se gêner, sous le nez du papy qui commençait à peine à reprendre des couleurs ! Grrrrrrrr !

Vous auriez vu comment je leur ai aboyé de se taire ! Non, mais, en voilà des manières, nom d'un cocker !

Papa cent mille volts !

Dans le genre « boulettes », Papa n'est pas en reste. Lui qui aime tant donner des conseils et des ordres à tout le monde (surtout à moi), il n'apprécie pas trop qu'on lui en donne (surtout moi)... L'autre samedi, on en a eu un bel exemple. Le soleil s'était enfin mis à briller après une semaine de pluie non-stop (je ne vous dis pas l'état des nerfs de Caroline, ma tortue bien-aimée, face aux armées d'escargots qui bavaient sur ses précieuses salades...)

Bref, Papa a décidé qu'il était temps de remettre les pattes dehors et qu'il allait nous emmener faire une balade en forêt. 100 % d'accord, j'adore la forêt après la pluie, ça sent bon, les bestioles vous sortent sous la truffe à chaque coin d'arbre, il y a vraiment de quoi s'amuser !

Encore faut-il y arriver, dans cette forêt...

Pour une fois, ce n'est pas la Deux-Chevaux qui nous a fait voir rouge : elle a démarré au quart de tour. Le museau sur la plage arrière, j'admirais tranquillement le paysage quand, tout à coup, Papa a écrasé la pédale de frein...

On s'est garés sur le bas-côté de la route et Papa a ouvert grand les portières.

— Mais... Pourquoi on s'arrête ici ? On n'est pas dans la forêt..., s'est étonné Boule.

— Ouvre tes yeux, bonhomme ! Tu vois ce que je vois ? a dit Papa en pointant le doigt vers un champ en contrebas.

Boule avait beau regarder de tous ses yeux et moi de tous les miens, on ne voyait rien.

— Des agarics des prés, miam miam ! s'est écrié Papa, les yeux brillants de convoitise.

Des agarics des prés ! La belle affaire ! Moi je préfère les croquettes, même les moins chères du supermarché, à ce genre de substances toxiques...

— Beurk, j'aime pas les champignons ! a grimacé Boule.

— Comment peux-tu dire ça, Boule ?

a protesté Maman. Il n'y a rien de plus délicieux...

Papa s'est élancé à travers les hautes herbes, langue pendante en direction du gisement de champignons. Comme d'habitude, j'ai été le premier à voir le danger. J'ai déclenché mon aboiement d'alarme :

— Waaaaouuuuuuuuuuh !

Papa – je m'en serais douté – n'a

prêté aucune attention à mon avertissement. Il a continué à foncer, n'écoutant que son estomac...

Il y a vraiment des fois où l'incon-

science des humains me désespère. J'ai plié mes oreilles en balise de détresse. Que me restait-il d'autre à faire ? Evidemment, Papa n'a rien vu. Il n'a même pas entendu son fils qui essayait de le prévenir.

(Heureusement que mon garçon est là pour faire un peu attention à moi sinon, par moments, je me demanderais à quoi je sers dans cette famille...)

Rien ne pouvait arrêter le père de famille vorace sur la piste des agarics maléfiques. Rien... sauf la décharge de la clôture électrique, dans les cent mille volts environ si j'en juge par le bond qu'a fait Papa lorsque ses mains se sont posées dessus. Ses cheveux se sont même dressés comme des méga-géantes-piques de chataîgne !

Les vaches qui broutaient de l'autre côté en rigolent encore, à mon avis. Quant à nous, on est rentrés dare-dare à la maison, Papa couché en travers de la banquette arrière et Maman au volant.

Bonjour-au-revoir la forêt !

'SOIR, M'MAN.
BONSOIR, MON P'TIT BOULE.

Le tuyau de Maman

Maman est une femme pleine de qualités. Elle veille avec amour sur son Papa de mari, son Boule de fils, sa Caroline de tortue et aussi sur moi, son Bill de cocker (parfois un peu trop à mon goût, d'ailleurs...). Elle est jolie, élégante, parfumée, toujours bien coiffée. Sa maison est douce, harmonieuse, impeccable. Son jardin est un modèle : plates-bandes tirées au cordeau, massifs de fleurs soignés, pelouse admirable (malgré quelques cratères là où j'enterre mes os mais je ne vais pas déterrer ici ce délicat conflit).

Le problème avec Maman, c'est quand elle décide de se prendre pour un plombier... C'est arrivé l'autre jour. Quelle histoire !

Au moment où elle allait se mettre à préparer un de ces délicieux plats de lasagnes dont elle a le secret (tellement délicieux, d'ailleurs, qu'il n'en reste jamais beaucoup pour ma gamelle à la fin du repas...), Maman s'est aperçue que l'évier de la cuisine était bouché, une fois de plus (et pourtant je ne cache aucun os dans le tuyau, juré-craché) ! Elle a appelé Papa au secours. Il est aussitôt allé chercher sa boîte à outils puis, à quatre pattes, il a commencé à trafiquer sous l'évier, en réclamant un outil toutes les deux secondes, un peu comme les chirurgiens qu'on voit opérer dans les films à la télé :

— Tournevis ! Bistouri ! Pince-crocodile ! Lampe de poche !

La différence entre Papa et les chirurgiens de la télé, c'est qu'au bout d'une demi-heure d'« opération », l'évier n'était pas du tout « guéri ». Au contraire. Papa avait beau grogner, râler, pester, il n'arrivait pas à desserrer d'un seul millimètre le joint du siphon bouché ! Et ce qui le faisait râler encore plus fort, c'est que Maman lui tournait autour en lui donnant des conseils.

Bonjour l'ambiance ! Boule et moi, on était derrière la porte et on n'en perdait pas une miette...

Maman a une autre qualité (à moins que ce ne soit un défaut...) : elle est particulièrement obstinée (ou disons plutôt : têtue...). Elle n'a pas lâché Papa tant qu'il ne lui a pas laissé sa place sous l'évier.

— J'ai comme l'impression qu'on ferait mieux d'appeler un plombier..., a marmonné Papa entre ses dents en cédant devant son insistance.

Maman n'a pas relevé. Moi, si. Personnellement, c'est tout à fait ce que je pensais. Attention, ne m'accusez pas de ne pas faire confiance aux femmes. Plombier, c'est un métier, et moi, dans la vie, homme ou femme, je fais d'abord confiance aux pro-fes-sion-nels...

En attendant, Maman tapait, cognait, tripatouillait les tuyaux tant et plus en criant « zut » à chaque minute.

— Mmmhhh... Je le sens mal..., m'a murmuré Boule à l'oreille.

J'ai juste eu le temps d'approuver de toute ma truffe quand on a entendu un grand splash !

— Au secours ! a hurlé Maman en tentant désespérément de boucher

avec ses mains le tuyau qu'elle venait d'arracher du mur.

Le temps que Papa appelle un plombier pro-fes-sion-nel et que celui-ci finisse par arriver, la cuisine était transformée en piscine où toute la famille se relayait pour écoper. Maman au seau, Papa au balai, Boule à l'éponge... Moi, je surfais sur la serpillière à m'en donner le mal de mer. Même Caroline participait en buvant toute l'eau qu'elle pouvait... Inutile de dire qu'au dîner, ils ont mangé du jambon à la place des lasagnes. Quant à mes croquettes, je n'y ai pas touché : elles étaient trempées.

Un bain, moi ? Jamais !

S'il y a une chose qui me rase la truffe, c'est l'obsession qu'ils ont de vouloir me faire prendre des bains, dans cette famille !

A quoi ça sert de s'esquinter à me laver puisque je vais me resalir aussi sec (et même avant d'être sec, d'ailleurs) ? Mes poils à moi sont... à moi, que je sache ! Eh bien il faut croire que non ! J'ai beau feinter, me cacher, grogner, protester, hurler à la mort : tous les vendredis, il faut qu'ils trouvent un moyen pour me plonger dans leur maudite eau mousseuse assaisonnée de lotion anti-puces, en plus ! Evidemment, dès l'aube du vendredi, je suis aux aguets pour éviter de me faire piéger. Parfois ils tentent de m'attirer dans la salle de bains sous un faux prétexte, parfois ils préparent en douce une bassine dans le jardin. Ils se croient malins en changeant régulièrement de tactique. Ils imaginent que je ne les vois pas venir.

Vendredi dernier, ça a été le bouquet, *the bunch of flowers*, comme on dit en anglais. On revenait de se promener dans la vieille Deux-Chevaux rouge (entre parenthèses, je me demande à quel tournant elle va nous lâcher celle-là, mais ne mélangeons pas les problèmes...). Papa sifflotait tranquillement au volant quand Maman a lâché, d'un coup :

— Darling, what day sommes-nous, today ?

Tel quel, en franglais : « Chéri, quel jour sommes-nous aujourd'hui ? » Comme si je ne comprenais pas, moi,

Bill, descendant d'une lignée de purs cockers anglais jusqu'au bout des pattes depuis la je-ne-sais-combien-t-ième génération !

— Qu'est-ce que tu dis ? a demandé Papa, l'air ahuri.

— Je demande simplement quel jour on est aujourd'hui ! a répété Maman avec ses gros sabots savonneux.

Boule avait les yeux en soucoupe. Il n'avait pas l'air de flairer que ça sentait le bain moussant à pleine truffe, cette histoire !

— Ben, on est vendredi, qu'est-ce qui te prend de parler anglais ? a dit Papa en freinant de justesse au feu rouge.

— Je speak english parce que the dog on the siège arrière il comprend everything ! a baragouiné Maman.

Traduction : « Je parle anglais à cause du chien sur le siège arrière, sinon il comprend tout » !

Elle ne croyait pas si bien dire. Je me mordais l'intérieur des babines pour ne pas rigoler.

— Tout quoi ? il a grimacé.

Wouaaaaaah, le duo ! Pas un pour rattraper l'autre ! Elle qui croit que je ne comprends rien et lui qui comprend encore moins !

— *Today is the day of the bath of the dog !* a fini par marteler Maman.

Traduction : « Aujourd'hui, c'est le jour du bain du chien ! »

— Aaahhh ! a fini par percuter Papa.

Mes maîtres, je les adore mais par moments, je suis gêné pour eux tellement ils sont « stioupid » ! (En français : « stupides ».) Boule a pigé l'embrouille bien avant eux :

— Dites, Papa et Maman, c'est pas pour vous contrarier, mais vous savez de quel pays il vient notre cocker ? il a lancé.

— L'Angleterre, pourqu... ? a commencé Papa.

— Le petit a raison ! l'a coupé Maman, horrifiée. Si ça se trouve, Bill a compris ce que j'ai dit !

Sous le choc, Papa a donné un coup de volant qui a failli nous faire écraser un monsieur qui traversait la rue. Un

miracle que le policier du carrefour ne nous ait pas arrêtés ! Remarquez, je me demande si je ne préférerais pas atterrir au commissariat de police plutôt que dans l'« abominable bubbling bath » (en français : « abominable bain moussant ») qui me pendait au bout de la truffe en arrivant à la maison !

Table des matières

BIBLIO MANGO

une collection pour les 6 - 13 ans

À partir de 7 ans

Le menteur
Jean-Loup Craipeau
Sandra Poirot-Chérif

La vérité sur les fessées
Martine Dorra
Clotilde Perrin

Les fantômes de Belleville
Thierry Jonquet
Éric Héliot

Robinson couteau suisse
Bruno Heitz

Poker Matou
Pierre Mezinski
Nancy Krawczyk

Magie noire et pommes pourries
Olivier Ka
Frédéric Rébéna

Mes chères vacances
Christine Beigel
Clément Oubrerie

Le chien de 8 h 22
Jacques Delval
Irène Schoch

Martha Blabla
Susan Meddaugh

BARNABÉ
La nuit porte conseil
Philippe Coudray

La fabuleuse histoire de la Cochonne Volante
Didier Lévy
Emmanuel Kerner

La Mobylette à soupe
Renaud Ambite

BOULE ET BILL
Une vie de chien
Quelle famille !
Fanny Joly
Jean Roba

collectionne les points BiblioMango et gagne des livres !

9 points **BiblioMango**
= 1 livre gratuit

•

Pour recevoir le dixième titre de ton choix,
découpe et colle tes neuf points sur une feuille.

•

N'oublie pas de mentionner ton nom, ton prénom,
ton âge et ton adresse complète
ainsi que le titre que tu as choisi
dans la collection BiblioMango.

•

Renvoie cette feuille à :
BIBLIOMANGO
4, rue Caroline - 75858 Paris cedex 17

BIBLIOMANGO

1 point